Anonymous

Poetische Übersetzungen aus dem Griechischen und nach dem

Englischen

Anonymous

Poetische Übersetzungen aus dem Griechischen und nach dem Englischen

ISBN/EAN: 9783743362871

Hergestellt in Europa, USA, Kanada, Australien, Japan

Cover: Foto ©Andreas Hilbeck / pixelio.de

Manufactured and distributed by brebook publishing software
(www.brebook.com)

Anonymous

Poetische Übersetzungen aus dem Griechischen und nach dem

Englischen

Poetische Uebersetzungen

aus dem Griechischen

und

nach dem Englischen.

Zürich,
bey Faeßlin und Compagnie.
1766.

Druckfehler.

Seite. 4. Zeile 9. lese man anstatt (;) ein (,)

— 8. — 7. —— anstatt eine, mtr.

— 20. — 5. —— anstatt ausgenutzt, ausgenützt

— 27. — 1. —— anstatt das, daß.

— 35. — 18. —— nach ruhig kein (,)

— 36. — 19. —— anstatt Sünd, Sünde.

— 37. — 7. —— nach habe ein (,)

— 49. — 24. —— anstatt andertwerts, anderwerts.

— 52. — 23. —— nach hat ein (,)

— 58. — 13. —— nach Kirchenväter ein (,)

— 59. — 14. —— anstatt selbst, selbsten.

Hero und Leander

Ein Gedicht.

Aus dem Griechischen des Musäus
übersetzt.

Quid Juvenis, magnum cui verſat in oſſibus ignem..
Durus amor? nempe abruptis turbata procellis
Nocte natat cœca ſerus freta: quem ſuper ingens
Porta tonat cœli, & ſcopulis inliſa reclamant
Æquora; nec miſeri poſſunt revocare parentes,
Nec moritura ſuper crudeli funere virgo.

Virg. Georg. L. III. v. 258-263.

Hero und Leander.

Singe, Göttinn, die Fackel, die Zeuginn der heimlichen Liebe,
Und den nächtlichen Schwimmer, den Hymen über das
Meer trug,
Und die finstre, der Göttinn des Morgens nicht sichtbare Hochzeit,
Und Abydos und Sestos, wo Hero zur nächtlichen Braut ward!
Schwimmen hör ich Leandern, und höre zugleich auch die Fackel,
Jene der Venus Befehle herabverkündende Fackel;
Sie, die die Hochzeit der nachtsverlobten Hero bereitet;
Sie der Liebe fröhliches Zeichen, und würdig, daß Zevs es
Nach dem nächtlichen Dienst zu den Sternen des Aethers versetze,
Und alsdann den hochzeitlichen Stern der Liebe benenne:
Denn sie war die Gefehrtinn der Schmerzen unglücklicher Liebe,
Und bewahrte des immer wachenden Hymens Geheimniß,
Eh der feindliche Wind die tödtenden Stürme daherblies.
Sing mir zugleich in meinen Gesang das Ende der Beiden:
Der verloschenen Fackel und auch des verlornen Leanders!

Gegen einander lagen Abydos und Sestos, am Meere,
Zwo benachbarte Städte; Cupido spannte den Bogen,
Schoß nach jeder den Pfeil, und entflammte damit einen Jüngling,

Und

Und ein Mädchen, den holden Leander, die zärtliche Hero;
Ihre Wohnung war Sestos; Er war ein Bürger Abydons;
Jedes das schönste Gestirne der beyden Städte; sie waren
Sich .lein gleich. Du, wenn du hinüber dich schwingest, so forsche
Mir zu Sestos den Thurm aus, wo ehmals Hero, die Fackel
Haltend, stand, dem Leander die Bahn der Fluten beleuchtend;
Forsche des alten Abydons vom Meer ertönender Furt nach,
Die den Tod, und die Liebe Leanders noch heute beweinet.
Doch wie konnte Leander; Abydons Bewohner, zur Liebe
Dieser Hero gelangen, und wie durch Liebe sie fesseln?

Hero, reizend, vom Schicksal mit Götterblute beseeligt,
War die Priestrinn der cyprischen Göttinn; für sie war die Ehe
Ein Geheimniß; sie, eine zweyte herrschende Venus,
Wohnte, von ihren Eltern entfernt, im Thurm an dem Meere;
Immer vermied sie mit schamhafter Keuschheit der Weiber Versammlung;
Und, damit sie dem Tadel der neidischen Schönen entgienge,
(Denn das schöne Geschlecht beneidet vorzügliche Reize)
Trat sie nie in der muntern Gespielinnen tanzende Reihen;
Nein, mit der cytherischen Venus versöhnte sie sich stets,
Und erflehte sich oft die Huld des Amors mit Opfern,
Dessen flammenden Köcher, samt seiner himmlischen Mutter
Sie mit Zittern verehrte; Sie that dieß alles, und dennoch
Konnte sie nicht Cupidens entglühten Pfeilen entfliehen.

Eben nahte das allgemeine Fest der Cythere,
Das sie der Göttinn und auch dem Adonis zu Sestos gefeyert;
Und es drangen, zum festlichen Tage zu kommen, die Haufen
Aller hinzu, so viele den Rand der Inseln bewohnen,
Welche die See mit den Fluten umkrönt: von Hämonia diese,

Jene

Jene von Cyprus am Meer; kein Mädchen blieb in Cythera,
Keins auf Libanons duftenden Gipfeln im tanzenden Chore.
Von den Benachbarten ward nicht Einer beym Feste vermisset;
Weder der Phryger, noch auch der Bürger des nahen Abydons,
Und von allen die Mädchen liebenden Jünglingen keiner:
Denn wohin das Gerüchte des Fests ruft, folgen sie immer;
Nicht der Trieb, den Unsterblichen Opfer zu bringen, beflügelt
Ihren Gang so sehr als die Reize versammelter Schönen.

Holden Schimmer vom Antlitz herunterstrahlend gieng Hero
Durch den Tempel der Göttinn einher, weißwangicht wie Luna,
Wann sie hervorgeht; aus schneeichter Wangen erhabener Rundung
Stieg der Purpur, so wie die doppelfarbichte Rose
Aus der Knospe, heraus; sie glühte von röthlicher Farbe;
Ja, man hätte beym Anblick der Glieder der Hero geglaubet,
Eine rosichte Wiese zu sehn; es schimmerten Rosen
Unter den wandelnden Tritten des weißgekleideten Mädchens;
Heere der Gratien flossen aus ihren Gliedern herunter.
Daß drey Gratien seyn, erdichtet das Altertum fälschlich:
Wenn ein einiges Auge der Hero lächelt, so keimen
Hundert aus ihm hervor. Fürwahr der cyprischen Göttinn
Ward vom Schicksal ein würdiges Mädchen zur Priesterinn vergönnet!

So glänzt unter den Schönen die Schönste, die Priesterinn der Venus,
Eine zweyte Venus; in zärtlicher Jünglinge Herzen
Hatte sie sich geschlichen; es war auch keiner der Männer,
Der vom Wunsche nicht glühte, die Hero zur Ehegefährtinn
Zu besitzen; ihr folgten, wohin sie sich immer gewendet,
Durch das Prachtgebäude des Tempels, die Seele, das Auge,
Und das Herz der Männer. Entzückt sprach dieses ein Jüngling:

Selbst

Selbſt nach Sparta begab ich mich, und ſah Lacedämon,
Wo, ſo ſagt uns der Ruf, die Schönen kämpfen und ſtreiten;
Aber ich habe noch kein ſo liebenswürdiges, ſchlankes
Mädchen geſehn; vielleicht iſt der jüngern Gratien eine
In dem Dienſte der Venus. Der Anblick macht mir das Aug müd,
Und doch kan es nicht Sättigung finden. O dörft ich das Bette
Dieſer Hero beſteigen, es ſollte kein Tod mich abſchrecken.
Im Olympus ein Gott ſeyn, das wäre mein Wunſch nicht, wenn ich nur
Hero zur ehlichen Freundinn in meiner Hütte beſäſſe.
Göttinn, iſts aber zu kühn, mir deine Prieſtrinn zu wünſchen,
So gewähre mir nur zur Gattinn ein Mädchen wie Hero!
Einer der Jünglinge ſprachs. Dort hatte die Schönheit des Mädchens
Jenen, der ſeine Wunde verbarg, der Sinnen beraubet.

Du, Leander, empfindeſt beym Anblick des göttlichen Mädchens
Schwere Leiden; allein du wollteſt mit heimlichen Stacheln
Nicht dein Herz verzehren. Von feuerhauchenden Pfeilen
Plötzlich beſiegt, verwünſcheſt du ohne die reizende Hero
Schon das Leben. Die Flamme der Liebe wächſt mit den Strahlen
Ihrer Augen. Die Stärke des unbezwinglichen Feuers
Hatte ſein Herz durchglüht; indem die geprieſene Schönheit
Eines ſchuldloſen Mädchens die Sterblichen ſchärfer verwundet,
Als der geflügelte Pfeil; da geht der Weg durch das Auge,
Von dem Aug entſchlüpft das Geſchwür, und dringt in des Jünglings
Herz. Dann ergriff ihn Erſtaunen, Zittern, Kühnheit und Ehrfurcht;
Zwar ihm bebte das Herz, doch hielt ihn die Ehrfurcht gefeſſelt;
Er erſtaunet über der ſchönſten Geſtalt, doch die Liebe
Drängt die Ehrfurcht hinweg; die Liebe macht ihn verwägen;
Preiſet Kühnheit ihm an. Mit leiſen Tritten dann geht er,

Stellt

Stellt vor das Mädchen sich hin; mit schiefen verstohlenen Blicken
Schaut er es an, und mit stummen Winken entlockt er des Mädchens
Herz. Es empfindet, die lauschende Liebe Leanders bemerkend,
Süsse Freude so reizend zu seyn; mit Anstand verbirgt es
Oft die huldreichen Wangen, verräth mit geheimen Geberden
Sich dem Leander, und winkt ihm den Beyfall wieder entgegen.

Nun war Leander entzückt in seinem Gemüthe, daß Hero,
Seine Liebe verstehend, sie nicht verworfen. Indem er
Eine geheime Stunde sich aussann, entrückte die Sonne,
Westwärts heruntersteigend, den Tag, und gegen ihr über
Zeigt sich das Abendgestirn in tief verlängerten Schatten.
Kaum erblickte Leander die Nacht im schwarzen Gewande
Sich erhebend, so kam er mit kühnen Tritten der Hero
Näher; er drückt ihr sanft die rosenähnlichen Finger,
Aus der Tiefe der Brust hervor unaussprechlich erseufzend.
Sie, sie schweigt, und entreißt ihm die rosichte Hand, wie erzörnet.
Als er aber des reizenden Mädchens gelindere Winke
Wahrgenommen, ergriff er mit seiner verwägenen Hand izt
Ihr sehr künstlich gewobenes Kleid, und führte sie tiefer
In das geheimste Heiligtum des herrlichen Tempels;
Hero folgte mit zögernden Schritten, als ob sie nicht wollte,
Und so sprach sie, Leandern mit weiblichen Worten bedrohend:

Welcher Wahnsinn! o Fremdling! Warum, Unseliger! ziehst du
Mich, ein Mädchen, mit dir? Geh deine Wege, geh, laß du
Mein Gewand los, und reize nicht meiner begüterten Eltern
Furchtbaren Zorn! Dir gebührt nicht, die Priestrinn der cyprischen Göttinn
Zu berühren. Es ist, zum jungfräulichen Bette zu kommen,
Jeder Kunst und Bemühung zu schwer. So drohet ihm Hero,

Wie

Wie ſich Mädchen geziemt. So hört der weiblichen Drohung
Wuth Leander; zugleich auch zeigt ſich darinn ihm das Merkmahl,
Das die beſiegten Mädchen verräth. (Denn die Drohung der Schönen
Bringt dem Jüngling die Botſchaft: daß bald die Vertraulichkeit da ſey.)
Von dem Pfeile der Liebe begeiſtert, küßt er der Hero
Wohlgeruch duftenden glänzenden Nacken, und ſpricht zu ihr alſo:

Nach der Venus und Pallas biſt du eine Venus und Pallas!
Denn, nicht gleich den irdiſchen Schönen kann ich dich nennen;
Des ſaturniſchen Jupiters Töchtern ſcheinſt du mir ähnlich.
Glücklicher! der dich gezeugt hat! Und auch, o glückliche Mutter!
Die dich gebohren! Der Schooß, der dich zum Daſeyn befördert,
Iſt der ſeligſte Schooß. O hör, erhöre das Seufzen
Meiner Bruſt, und erbarme dich meiner dringenden Liebe!
Biſt du die Prieſtrinn der Venus, ſo thu die Werke der Venus!
Hier, hier lerne die Feyer der Hochzeitgeſätze der Göttinn!
Daß ein ehloſes Mädchen dem Dienſte der Venus ſich weihe,
Ziemet ſich nicht. Der Göttinn gefallen nicht ehloſe Mädchen.
Du, wenn du willſt die holden Geſätze der Venus verſtehen,
Feſte, wo man getreu ſich verbündet, ſo laß dich durch Hymen,
Und durchs ehliche Bett unterrichten! Iſt Cypris dir ſchätzbar,
So verwirf nicht das ſüße Geſätz entzückender Liebe;
Nimm mich zu deinem Verehrer an, und, iſt es dein Wille,
Zu dem ehlichen Gatten, den dir nur Amor gejagt hat,
Dir mit ſeinen Pfeilen erreicht, ſo wie der ſchnelle,
Mit dem göldenen Stabe ſich brüſtende Bote der Götter
Einſt den tapfern Alcid zu jener jardaniſchen Nymphe
Knechtſchaft gebracht. Zu dir hat Cypris ſelbſt mich geführet,
Nicht der ſchlaue Merkur. Der Atalanta Geſchichte

Kann

Kann dir nicht unbekannt seyn, der spröden arkadischen Schönen,
Die, um ihre jungfräuliche Keuschheit besorgt, Melanions
Liebesumarmung entfloh; sie reizte den Grimm der Cythere,
Und dann schenkte sie dem, den sie vorher nicht geliebt hat,
Ganz das Herz. So sey du, Theurste, du auch erbittlich,
Und erwecke je nicht den Zorn der cyprischen Göttinn!

Also redend gewinnt er das Herz der weigernden Hero,
Und sie wird in die liebegebährenden Worte Leanders,
Wie in Labyrinthe, verwickelt. Sie heftet die Blicke
Stumm auf die Erde; verbirgt die schamhaft erröthende Wange;
Ueber die Erde nur streichen ihre Tritte; sie ziehet
Oft aus Schaam das Gewand um die Schultern zusammen. Das alles
Sagt die Besiegung vorher: denn eines gewonnenen Mädchens
Stummes Schweigen ist wirkliches Ja zu dem ehlichen Bunde.

Schon fühlt Hero die bittersüße Reizung der Liebe;
Von dem himmlischen Feuer entglüht ihr Herz, und es staunet
Ueber Leanders entzückender Schönheit. So lang sie das Auge
Nach der Erde hin neigte, so lang ward Leander nicht müde,
Mit verwilderten Blicken der Liebe des schlankichten Mädchens
Nacken zu schaun. Ihm erwiedert sie endlich mit lieblicher Stimme,
Und es dufteten Purpurtropfen der Schaam aus dem Antlitz:

Fremdling! du könntest villeicht auch einen Felsen bewegen,
Wenn du redest. Wer wies dir den Weg der verwickelnden Worte?
Wer, o weh mir! wer wars, der dich in mein Vaterland führte?
Aber, das alles hast du verloren geredet. Ein Fremdling,
Und ein irrender Unbekannter, wie du bist, wie dörfte
Dieser zu meiner Liebe sich wagen? Nein, öffentlich kann ja

Der

Der gefäßliche Hymen und nicht verbinden; der Wille
Meiner Eltern verböte mir dieß. Gesetzt auch, du wolltest,
Als ein wandernder Fremdling in meiner Vaterstadt heimlich
Deinen Aufenthalt wählen, so kannst du doch nicht der Liebe
Freuden ins Dunkle verbergen: Denn, böse Verleumdung zu reden,
Ist der Sterblichen Zunge geneigt. Man thut was im Stillen,
Und man hört das Gerüchte davon auf den Strassen erschallen.
Aber sage, verbirg mir es nicht, wie heisset dein Name,
Wie dein Vaterland? denn dir muß mein Name bekannt seyn:
Hero heißt er, und ist berühmt. Ein bis in die Wolken
Sich erhebender Thurm, der rund um vom Wiederschall thönet,
Ist mein Wohnsitz, darinn ich mit einer einzigen Magd bin;
Ausserhalb Sestos, und über den hochbefluteten Ufern
Ist mein Nachbar das Meer. Dahin hat der Wille der Eltern
Streng mich verbannt. Mir sind die Gespielinnen ferne; die Chöre
Tanzender Jünglinge sind mir verschwunden; den Tag und die Nacht
durch
Unaufhörlich betäubt mir das Ohr des windichten Meeres
Lautes Gebrüll. So spricht sie, verhüllt die röthliche Wange,
Wieder erröthend, unter den Mantel, und schilt sich dann selbsten,
Daß sie dieses gesprochen.

Schon kann Leander, verwundet
Vom durchdringenden Stachel der Liebe, die Art, in des Amors
Streite der Ueberwinder zu werden. Denn Amor bezwinget,
Unerschöpflich an List, mit den Pfeilen den Jüngling, und heilet
Wieder die Wunde des Jünglings; den Sterblichen, die er beherrschet,
Ist der Allbezwinger zugleich der Berather. So half er
Auch dem verliebten Leander, der endlich die kunstvollen Worte
Seufzend

Seufzend sprach:

Mein Mädchen! weil deine Liebe der Preis ist,
Setz ich durch wilde Fluten und auch wann Flammen darinnen
Sieden sollten, und wäre das Meer unschiffbar. Mir schaurt nicht
Vor der feindlichen Woge; nicht vor des rauschenden Meeres
Schwerem Brausen; gelang ich zuletzt nur zu deiner Umarmung.
Von den Fluten getragen will ich, der näßliche Gatte,
Jede Nacht durch den reissenden Hellespont schwimmen; denn nahe
An dem Ufer, dem Sestos entgegen lieget, da wohn ich
In den Mauern Abydous. Nur lasse du von der Höhe
Deines Thurmes herab mir eine Fackel hinüber
Durch die Finsterniß leuchten; sie sehend, will ich den Amor
Ueberschiffen. Alsdann wird deine Fackel mein Stern seyn.
Kann ich diesen nur schauen, so wünscht mein Auge sich nimmer
Den Bootes im Westen, noch auch den rauhen Orion,
Noch den tröcknenden Schweif des nördlichen Bären; die Fackel
Wird mich sicher hinüber, und hin zum erfreulichen Hafen
Deines Vaterlands führen. Doch sey auf der Hut, o Geliebte!
Daß die stürmischen Winde mir sie nicht verlöschen, die Fackel,
Sie, die mein Leben beleuchtend führt; es gienge mit ihr mir
Alsobald die Seele verloren. Wenn du auch verlangest
Meinen wahren Namen zu wissen: Ich nenn mich Leandern,
Und den ehlichen Gatten der prächtig bekröneten Hero.

Also bestimmten die Beide zu ihrem ehlichen Bande
Sich die verborgene Hochzeit, und schwuren ein feyrlich Gelübde,
Ihre nächtliche Liebe geheim zu halten, die Fackel
Sollte nur Zeuginn seyn, und den Hymen ankünden. Der Hero
Eidespflicht war: ihm die Fackel hervorzuhalten; Leanders:

Ueber die weiten Fluten zu setzen. Nachdem sie beym Feste
Des nicht schlafenden Hymens die ganze Nacht durch gefeyert,
Mußten sie voneinander und wider Willen sich trennen,
Hero hinauf in den Thurm, Leander durchs Dunkel der Nacht hin;
Er, damit er nicht irre, blickt aufs Gestirne des Thurmes,
Und so schwimmt er hin zu den tiefgegründeten Mauren
Des geraumen Abydons. Sie lüsteten oft nach dem Wettstreit
Der geheimen, nächtlichen Freuden der ehlichen Liebe,
Und oft wünschten sie, daß die hochzeitliche Finsterniß käme.

Schon flog wieder das Dunkel der Nacht im schwarzen Gewande
Eilig herbey, und führte den Schlaf den Jünglingen mit sich;
Aber nicht dem verliebten Leander. Voll Ungeduld wartend
Steht er am Gestade des brausenden Meeres und lauert
Auf die leuchtende Nachricht des Hymens; aufs Zeichen der Fackel,
Der beweinenswürdigen Fackel; auf jene Heroldinn
Des geheimen ehlichen Betts, die von ferneher glänzet.

Hero, die kaum das lichtlose Dunkel der schwärzlichen Nacht
merkt,
Hält die entzündete Fackel hervor: und Amor entflammet
Schnell die Seele des sehnsuchtsvollen Leanders; er glühet
Mit der glühenden Fackel zugleich; am Ufer des Meeres
Hört er nun, wie der rasenden Fluten starkbrausender Schlag schallt,
Und erbebet zuerst; dann sammelt er wieder den Muth auf,
Und so spricht er mit mahnenden Worten im Geist zu sich selbsten:

Grausam ist Amor, und unsanft das Meer; doch das Meer hat
nur Wasser;
Mich entglüht das im Innern verborgene Feuer des Amors.

Fange

Fange Feuer, mein Herz! vor den starken Güssen des Wassers
Zittre nicht; o sey mir zur Liebe behülflich! Was schaurt dir
Vor den Fluten? Weißt du nicht, daß Venus im Meere gebohren,
Daß sie dem Meer, und daß sie meinen Schmerzen gebiete?

Also sprach er, und zog mit beiden Händen sein Kleid aus,
Von den reizenden Gliedern, und flocht es über dem Haupte
Knüpfend zusammen; entsprang dann dem Ufer und warf sich ins Meer hin.
Unabläßig eilt er entgegen der schimmernden Fackel,
Selbst sich der Ruderer, selbst der Steurmann, und selbst sich der Nachen.

Hero, dem Phosphorus gleich, auf ihrem erhabenen Thurme,
Schirmte, wenn irgendwoher mit tödtenden Stürmen der Wind blies,
Oft die Fackel mit ihrem Mantel; bis endlich Leander,
Lang arbeitend, dem schiffbaren Ufer von Sestos sich nahte.
Sie begleitet zu ihrem Thurm ihn hinauf; vor der Thüre
Schlingt sie schweigend den Arm um ihren Verlobten, der keichend
Stand, von dessen Locken die schaumichten Tropfen des Meers noch
Träuften; und führt ihn in die geheime bräutliche Kammer;
Tröcknet ihn ganz, und salbt ihn mit Rosen ausduftendem Oele,
Und zernichtet des Seegeruchs Dunst; sie umarmt den Verlobten,
Der noch auf dem erhabenen Ruhbette keichte; sie sagt ihm
Laut die liebkosenden Worte: Mein Gatte! du littest sehr vieles,
Was noch kein andrer gelitten. Mein Gatte! du littest sehr vieles.
Aber nun seyst du genug von den salzichten Fluten verfolget,
Und der Geruch nach den Fischen des schwererthönenden Meeres
Habe genug dich geplagt. Zu meinen Umarmungen lege
Deine Mühen jetzt nieder.
Gleich feyrten Leander und Hero
Ihren eblichen Bund, den die beste Cythere gestiftet.

Ohne

Ohne tanzende Chöre war hier die Hochzeit; das Ehbett
War nicht von Hymnen umschallt; es rief kein Dichter den Segen
Der Vermählerinn Juno herab; das bräutliche Lager
War nicht vom Schimmer der Fackeln beleuchtet; hier war auch kein
                              Tänzer,
Der in den Reihen sich hurtig verwendet; und hier ward auch Hymen
Weder vom Vater, noch von der ehrwürdigen Mutter besungen;
Nein, es hatte die Stille der hochzeitvollendenden Stunde
Hier die eheliche Kammer gebaut, das Ehbett gespreitet;
Dunkel schmückte die Braut, und hymenäische Lieder
Wurden nicht bey der Hochzeit gesungen. Die Zeuginn des Ehbetts
War den Beiden die Nacht; nie sah Aurora Leandern
Im vertraulichen Ehbett; er schwamm nach den Mauern Abydons
Wieder hinüber, noch schnaubend in unersättlicher Sehnsucht
Nach den nächtlichen Freuden des Hymens: So war es den Eltern
Unbekannt, daß die ihr Gewand nachschleppende Hero
Nächtlich die Gattinn sey, am Tage das chlose Mädchen.
Oftmals wünschten Leander und Hero, daß ihnen die Sonne
Nach dem Westen hinunter entflöh. Sie entzückten sich also
In geheimer Umarmung, die Liebe gezwungen verbergend.
Aber sie lebten nur wenige Zeit noch, nicht lange vergnügten
Sie sich im frohen Genuß des unbeständigen Hymens:
Bald kam die Stunde des schloßichten Ungewitters; sie wälzet
Furchtbare Stürme voll Wirbel herbey; die schaurichten Winde
Wüthen immer, erschüttern den nassen Boden des Meeres,
Seine grundlosen Tiefen, die Fluten wirbelnd durchpeitschend:
Schon entfliehet der Schiffer dem stürmischen, treulosen Meere;
Und sein pechschwarzes Schiff zerscheitert, da, wo sich das Meer theilt,

                                                        An

An der Ecke des Lands. * Doch, Leander! es wankte dein Muth nicht,
Und es hielt ihn die Furcht vor der sturmvollen See nicht zurücke.
Jene Fackel, die die gewöhnliche Hochzeit vom Thurme
Glänzend herabverkündet, die treulose, grausame Fackel
Spornte dich an, dem tobenden Meere zu trotzen. O wäre
Die unglückliche Hero, so lange der Sturm nicht gelegt war,
Vom Leander entfernt geblieben! O hätte sie nicht mehr
Den nur so kurz noch dauernden Stern des Ehbetts entzündet!
Aber sie hält, von Schicksal und Liebe gelocket, gedrungen,
Nun die Fackel des Todes hervor, und nicht mehr der Liebe.

In der Stunde der Nacht, da die schwerer hauchenden Winde,
Da die mit schaurichten Stürmen sich schlagenden Winde gedränget,
Ueber dem Ufer des Meeres einbrechen: da ward, daß Leander,
Voll von Hofnung zu seiner vertraulichen Braut zu gelangen,
Auf den tragenden Rücken des widrig rauschenden Meeres
Dennoch sich wagte. Schon wurden Fluten auf Fluten gewälzet;
Schon ward das Wasser zusammengedrängt; das Meer und der Aether
Mengen sich durcheinander; von allen Seiten empört sich
Das Gerassel kämpfender Winde; dem Zephyr entgegen
Stürmt der Eurus, und Boreas bricht mit mächtigem Drohen
Auf den Südwind herab; und schrecklich war das Gebrülle
Des gewaltig ertönenden Meers. Oft flehte Leander,
Schwere Schmerzen in unerbittlichen Fluten erduldend,
Zur Cythere, der Tochter der Fluten, und auch zum Neptun oft,

Der

---

* Ἤδη νῦν μέλασιν ἀπαλασε διχϑάδι χέρσῳ
Χειμερίην καὶ ἄπιστον ἀλυσπάζον ἅλα ταύτης.

Durch eine nähere Erklärung dieser ohne Zweifel verdorbenen Stelle, wird
man sich den Uebersetzer sehr verbinden.

Der die Meere beherrſcht; auch Boreas ward nicht vergeſſen,
Er beſchwört ihn, der attiſchen Nymphe ſich zu erinnern. *
Aber da half ihm nicht Einer; und Amor konnte die Parcen
Nicht verdrängen; Leander wird von den Fluten, die widrig
Sich ihm von allen Seiten entgegen häuften, getrieben,
Fortgeriſſen mit Macht; die Stärke der Knyen entſinkt ihm,
Und den arbeitenden Händen gebricht die Kraft zur Bewegung;
Häufig drängt ſich das Waſſer in ſeine Kehle von ſelbſten,
Und er ſchlürfet das ſchädliche Salz des wütenden Meeres:
Schon hat der grauſame Wind die treuloſe Fackel verleſchet,
Mit ihr die Seel und die·Liebe des ſchmerzensvollen Leanders.

Zweifelhaft ſteht, als er ſich noch nicht naht, von traurvollen Sorgen
Hero beſtürmt auf der wachſamen Schau. Schon kömmt ihr Aurora.
Aber ſie ſieht den Bräutigam nicht; ſie dähnet das Auge
Ueber den weiten Rücken des Meeres umher, ob ſie irgend,
Nach verloſchener Fackel, den irrenden Gatten entdecke.
Aber, ſo bald ſie, nahe beym Grundbau des Thurmes, die Leiche
Ihres an Felſen zerſplitterten Gatten erblickte, ſo riß ſie
Von der Bruſt das bunte Gewand, und ſtürzt mit Geräuſche
Ueber das Haupt ſich jählings herab von der Höhe des Thurmes:
So ſtirbt Hero über der·Leiche des ehlichen Gatten,
Und ſo genoſſen ſie ſich auch ſelbſt im Tode zuletzt noch.

* Orithyia, die Tochter des Erechtheus, Königs in Athen, ward von Boreas, dem Könige in Thracien entführt; welches zur ovidiſchen Fabel den
Anlaß gab: daß Orithyia von dem Winde Boreas hinweggehoben worden.

Eloiſe

Eloise an den Abelard

nach dem Englischen des Pope.

Innhalt.

Abelard und Eloise lebten im zwölften Jahrhundert. Gelehrtheit und Schönheit machten sie zu den angesehensten Leuten ihrer Zeit; durch nichts aber wurden sie berühmter, als durch ihre unglückliche Liebe. Nach vielen ausgestandenen Wiederwärtigkeiten begab sich jedes derselben in ein Kloster, und widmete seine übrigen Tage der Religion. Viele Jahre nach dieser Trennung fiel ein Brief, in welchem Abelard einem Freunde die Geschichte seines Unglückes erzehlte, in Eloisens Hände. Dieses weckte ihre ganze Zärtlichkeit auf, und verursachte die so berühmten Briefe, (aus welchen der folgende gewissermaffen ein Auszug ist) die uns den Kampf der Gnade mit der Natur, der Tugend mit den Leidenschaften so lebhaft schildern.

Eloise an den Abelard.

In tiefen Einsamkeiten, ernsten Zellen,
Hier, wo Betrachtung himmlischstaunend wohnt,
Und Schwermuth herrscht, die denkend stets sich grämet:
Was wallet in den Adern der Vestalinn?
Weg über diesen letzten Zufluchtsort,
Gedanken, schweift ihr, weg! Es fühlt mein Herz
Die lange schon vergeßne Glut! Ich liebe,
Ich liebe noch! — Er kam vom Abelard,
Und Eloise muß den Namen küssen.

Geliebter, schreckensvoller Name bleib
Auf ewig unenthüllt! durch diese Lippen
(Zum heiligen Stillschweigen zugesiegelt)
Geh du mir nie! Verbirg ihn fest, mein Herz,
In den geheimen Raum, wo der Gedanke,
Darinn er lebt, mit dem Gedanken Gottes
Vermischet liegt. Nein, schreib ihn meine Hand, nicht —
Schon steht der Name da! — wascht, wascht ihn weg,
Ihr Thränen! Eloise weint und betet
Vergeblich; ihr verirrtes Herz ruft immer:
Schreib, schreib ihn hin; und ihre Hand gehorcht.

B 2   Ihr

Ihr strengen Mauern, deren dunkler Umfang
Die Büssungen freywillig Duldender,
Die Seufzer Reuender in sich verschließt!
Ihr harten Felsen, von den frommen Knyen
Tief ausgenutzt! Ihr Grotten, und ihr Hölen,
Die ihr von rauhen Dornen starrt! Und ihr,
Ihr Bilder mitleidsvoller Heiliger,
Die ihr hervor aus dem Behältnis weinet,
Um welches die verbleichten Töchter wachen!
Obschon ich kalt, und stumm, und unempfindlich,
Wie ihr geworden; so vergaß ich mich
Doch noch zu Steine nicht. Der Himmel fordert
Umsonst mich ganz. Er hat nur einen Theil
Von mir, und immer streitet die Natur
Mein halbes Herz ihm wiederstrebend ab.
Nicht Fasten; nicht Gebete; keine Thränen,
Die Jahre lang umsonst zu rinnen lernten,
Sie alle hemmen nicht den wilden Aufruhr
Der unermüdenden Empörerinn.

Ich öffne kaum mit Zittern deinen Brief:
So weckt der nur zu wohl bekannte Name
Mir alle meine Leiden auf. O Name,
Mir immer schmerzensvoll; mir immer theuer;
Stets ausgehaucht mit Seufzen; stets begleitet
Von einer Thräne! Zitternd auch erblick ich
Den meinigen: es folgt dicht hinter ihm
Ein schwarzer Unglücksfall. Bey jeder Zeile

Fließt, einer Quelle gleich, mein Aug mir über,
Geführet durch den Wechsel herber Schmerzen:
Itzt ganz von Liebe glühend; itzt verwelkend
Im Morgen meines Lebens; und verloren
In eines Klosters dunkler Einsamkeit!
Da ward vom Ernste der Religion
Die Flamme weigernd ganz erstickt; da mußten
Die besten Leidenschaften, Ruhm, und Liebe
Ersterben.

      Doch o schreib, o schreib mir Alles,
Damit ich meinen Gram mit deinem Grame
Vereinige; damit ich meine Seufzer
In deine Seufzer mische. Weder Feind,
Noch Mißgeschick raubt diese Macht mir weg;
Und ist mein Abelard so freundlich nicht,
Als diese sind? Noch sind die Thränen mein,
Und sparen darf ich diese nicht; die Liebe
Begehret ja nur das, was in Gebeten
Vorhin verschüttet ward. Es ist für diese
Verwelkten Augen kein erwünschter Tagwerk;
Das Lesen, und das Weynen, ist itzt Alles,
Das sie zu thun vermögen.

        Theil ihn dann
Ihn, deinen Schmerzen, mit mir, und gewähre
Dir diesen armen Trost! Thu mehr als theilen,
Gib mir ihn ganz, ihn deinen Schmerzen ganz!
Ja nur zur Tröstung eines Angefochtnen,

Zur Tröstung eines strengverbannten Jünglings,
Und eines eingeschloßnen Mädchens, lehrte
Der Himmel Briefe schreiben. Sie, sie leben,
Sie sprechen, hauchen das, womit die Liebe
Sie eingegeistet hat; warm von der Seele,
Und ihrer Glut getreu, wird, ohne Furcht,
Des Mädchens Wunsch durch sie gesandt. Sie sprechen
Von dem Erröthen frey; und schütten aus
Das ganze Herz; Das zärtliche Gespräche
Beflügeln sie von einer Seele schnell
Zur andern hin, und schwingen einen Seufzer
Vom Indus zu dem Pole.

      Du weißt ja
Wie unschuldsvoll ich deiner ersten Flamme
Begegnet bin, als schlau versteckt im Namen
Der Freundschaft sich die Liebe zu mir nahte.
In meiner Phantasie warst du ein Engel,
Ein Ausfluß von dem allerschönsten Geiste.
Dein Auge lächelte, und jeder Strahl
Ward milder, und ein himmlischheitrer Tag
Goß sich sanft funkelnd aus. Ich staunte dich
Voll Unschuld an. Der Himmel horchte selbst
In deine Lieder. * Göttlichhohe Wahrheit
Verschönerte sich unter deiner Zunge.
Von Lippen, wie die deinen waren, mußte
Nicht jede Lehre rührend überzeugen?

---

  * Er unterrichtete sie in der Philosophie und Religion.

Zu bald nur lehrten sie mich, daß die Liebe
Nicht Sünde sey: Ich wandte schnell mich um,
Und irrte durch die reizungsvollen Pfade
Der Sinnlichkeit; ich liebte nur den Menschen,
Und wünschte nicht, daß er ein Engel wäre.
Ganz düster, im Verschuß seh ich die Freuden
Der Heiligen, und gerne laß ich ihnen
Den Himmel, welchen ich um dich verliere.

Wie oft, wenn man das Ja zur Ehe mir
Abbringen wollte, sprach ich: Die Gesätze,
Die nicht die Liebe machte, seyn von mir
Verwünscht! So uneinschränkbar, als die Luft,
Ist auch die Liebe: sie, sobald sie Bande
Erblicket hat, dehnt sie die Schwingen aus,
Und flügelt sich aufs schnellste weg. Laß Ehre,
Und Reichtum eine Braut begleiten; laß
Geheiligt ihren Ruhm, und prächtig jede
Von ihren Thaten seyn. Wo wahre Liebe
Sich zeiget, flüchtet sich dies alles weg:
Ruhm, Ehre, Reichtum, was bedeutet ihr,
Wo man sich liebt? Wenn Sterbliche die Flammen
Der reinen Liebe schnöd entheiligen,
Und in der Liebe noch was anders suchen,
Als nur die Liebe, dann entflammet sie,
Aus Rache, der entbrannte Liebesgott
Mit diesen unruhvollen Leidenschaften,
Und läßt sie unter ihrem Irrtum seufzen.

Fiel

Fiel auch der groſſe Herr von einer Welt
Zu meinen Füſſen, ſo würd ich ihm Alles,
Ihn ſelbſten, ſeinen Thron, und ſeine Welt
Verachten; ſtolz ſchlüg ich es aus, des Kayſers
Gemahlinn ſelbſt zu werden. Mache mich
Zur Gattinn nur des Mannes, den ich liebe!
Und, gibt es Etwas, das noch zärtlicher,
Vertraulicher, als Gattinn iſt, ſo laß
Mich dieſes dir ſeyn. Welche Seligkeit!
Wenn Seelen ſanft ſich zu einander ziehen;
Wenn Liebe, Freyheit, und Natur Geſätz iſt.
Voll iſt dann Alles; glücklich machend; glücklich;
Und in der Bruſt blieb keine Lücke mehr,
Die heiſchend quält, zurücke, der Gedanke
Begegnet dem Gedanken, eh er noch
Sich von den Lippen trennt; und jeder Wunſch
Hüpft aus dem Herzen warm ins andre Herz.
O dies iſt Seligkeit! (wenn Seligkeit
Auf Erden iſt) und dies war einſt das Loos
Des Abelards, und meines.

                              Wie verändert
Iſt alles nun! Wie plötzlich zeigen ſich
Abſcheuliche Geſichter! Ein Geliebter
Liegt nackt, gebunden, blutend! Eloiſe!
Wo warſt du dann? Es hätte deine Stimme,
Es hätte deine Hand, dein Dolche hätte
Sich dem Befehl des Wütrichs widerſetzt.

Halt ihn, Barbar, den Todesstreich zurücke;
Wir Beyde sündigten, wir Beyde müssen
Gestrafet seyn. Ich kann nicht mehr; die Scham;
Die Wuth ersticket mich. Schamröthe! die
Auf diesen Wangen glüht, und ihr, ihr Thränen,
Sprecht ihr das Uebrige!

      Kannst du den Tag,
Den traurigen, den feyrlichen, vergessen,
Da wir an jenes Altars Fuße lagen,
Als Opfertiere lagen? Denkest du
Der Zähren, welche damals fielen, nicht,
Da meine warme Jugend dieser Welt
Den Abschied gab? Als ich den frommen Schleyer
Mit kalten Lippen küßte, zitterte
Was heilig war; die Lampen wurden blaß:
Der Himmel glaubte kaum den Sieg, und sah ihn;
Die Heiligen erstaunten beym Gelübde,
Das ich gethan. Ich hatte meine Augen,
Als ich zum Altar trat, nicht an das Kreutz,
An dich, an dich geheftet. Andacht, Gnade!
Euch sucht ich nicht: die Liebe sucht ich nur;
Verlier ich deine Liebe, so verlier ich
Mein Alles. Komm! und lindre meine Leiden
Mit deinen Blicken, deinen Worten; diese
Darfst du noch wenigstens auf mich verwenden.
An deiner Brust laß mich verliebt noch liegen,
Das süße Gift aus deinen Augen trinken,

An deinen Lippen schmachten; drücke mich
Noch an dein Herz; gieb Alles, was du kannst —
Ich träume dann das Uebrige hinzu.
O nein! o lehre mich den Werth der Freuden,
Die besser sind; mit einer andern Schönheit
Entzücke du mein eingenommnes Auge;
Komm, leg mir alles Glänzende des Himmels
Voll ins Gesicht, und reize meine Seele,
Daß sie für Gott den Abelard verlasse.

Bedenke wenigstens, daß deine Heerde
Von dir besorget seyn muß. Pflanzen sind sie,
Die deine Hand gezogen; Kinder sind sie,
Die dein Gebet gezeugt. In früher Jugend
Entflohen sie der falschheitsvollen Welt;
Du führtest sie nach Bergen, öden Wüsten;
Du * gründetest dies heilige Gebäude;
Die Wüste lächelte; der Wildnis ward
Ein Paradies geöfnet. Weynend sah
Kein Waise hier sein väterlich Vermögen
Auf Heiligtümern glänzen; sah damit nicht
Den Boden eingelegt; von Silber war
Kein Heiliger zu sehen, den der Geizhals
Auf seinem Sterbebett dahin vermacht,
Um des bestochnen Himmels Strafe schlecht
Von sich zu wenden; nein, ein ungeziertes
Gewölb, so wie's die Frömmigkeit erbaut;

                                        Das

* Er stiftete das Kloster.

Daß nur das Lob des Schöpfers schallen soll.
In diesen stillen Gängen ist der Tag
Für immer ausgeschlossen; überwachsen
Mit Moos sind hier die Thürme; am Mittag
Ists unter ehrfurchtsvollen Bögen Nacht;
Durch dunkle Fenster bricht ein ernstes Licht.
Ein Strahl schoß freundlich sanft aus deinen Augen,
Und herrlich glänzend war dadurch der Tag.
Nun zeigt auf keinem Angesicht sich mehr
Die göttliche Zufriedenheit; man sieht
Nur düstre Traurigkeit, und stete Thränen.
Sieh, wie ich mir durch Anderer Gebete,
Durch ihre Stärke, aufzuhelfen suche.
(O fromme List verliebter Frömmigkeit!)
Doch warum soll ich mich auf Anderer
Gebet verlassen? Komme du, mein Vater,
Mein Bruder, Ehmann, Freund! laß deine Magd,
Laß deine Schwester, Tochter, und, damit ich,
Was immer zärtlich ist, in einem Namen
Vereinige, laß die Geliebte dir
Das Herz bewegen! Jene dunkle Fichten,
Die hoch sich über Felsenwände thürmen,
In welchen hohle Winde spielend murmeln;
Die Bäche, welche zwischen Hügeln glänzen,
Und rieselnd mit den Wiederschallen tändeln;
Der Windeshauch, der schmachtend auf den Wipfeln
Der Bäume stirbt; die rege kühle Luft,

Die über Teiche zittert: das sind Scenen,
Die zu Betrachtungen mir nicht mehr helfen,
Nicht mehr die Träumerinn zur Ruhe wiegen.
Nein, über Hainen, wo die Dämmrung wohnt,
Und über düstre Höhlen, Kirchengänge,
Darinn der Schall von ihrer Länge zeugt,
Und untermischten Gräbern, zeigt sich sitzend
Die schwarze Schwermuth, und sie breitet aus
Stillschweigen, wie der Tod, angsthafte Ruhe;
Ihr finstres Wesen zeigt die ganze Scene
Verfinstert; sie beschattet jede Blume;
Das Gras erschwarzt; des Wasserfalles Murmeln
Wird tiefer; bräuner wird des Waldes Greuel.

Doch muß ich immer hier, hier immer bleiben!
Betrübtester Beweis, wie so gehorsam
Verliebte Herzen seyn. Der Tod, der Tod nur
Vermag die starke Kette zu zerreißen;
Und selbst alsdann noch muß mein kalter Staub
Hier liegen; hier von allen Schwächlichkeiten
Von allen Leidenschaften sich befreyen,
Und warten, bis es nicht mehr Sünde seyn kann,
Daß sie mit Deinen sich vermengen dörfen.

Elende! man sah dich für Gottes Braut an,
Und du, du kanntest dich als eine Sklavinn
Der Liebe, und des Menschen. — Hilf mir, Himmel! —
Woher kam dies Gebet? Quoll es aus Andacht?

Wie! oder aus Verzweiflung? Hier sogar,
Dem Zufluchtsorte der gefrornen Keuschheit,
Hier, Liebe, findest du dir einen Altar
Für die verbotnen Flammen.   Trauern soll ich;
Und kann nicht, was ich soll. Ich weyne nur
Um den Geliebten, nicht um meine Sünde;
Ich sehe mein Verbrechen, und der Anblick
Entglühet mich; ich büsse alte Wollust,
Und bettle neue; bald seh ich zum Himmel,
Beweynend meine Sünden; bald darauf
Denk ich an dich, und fluche meiner Unschuld:
Es gibt nicht eine größre Anfechtung,
Nicht eine größre Kunst, als daß man den
Vergessen soll, den man von Herzen liebt.
Wie soll man von der Sünde sich befreyen,
Die man noch fühlt? Wie dem Verbrechen fluchen,
Indem man wirklich den Verbrecher liebt?
Den theuern Gegenstand vom Laster trennen,
Und Buße von der Liebe unterscheiden?
Zu schweres Werk! Ein Herz, gerührt, durchbohrt,
Verlohren, wie das meine, wie kann es
Der Liebe sich entschlagen? Solche Seele,
Eh sie zurück zur Ruhe kömmt, wie oft
Muß sie nicht lieben! und wie oft nicht hassen!
Sie hoft, verzweifelt, zürnt, bereut, verbirgt,
Verschmäht — thut alles — nur vergißt sie nicht.
So bald der Himmel sie ergreift, so glüht sie,

Glüht

Glüht ganz; gerührt nicht, nein, entzückt ist sie,
Geschwächet nicht — begeistert. Komm, und lehre
Mich die Natur besiegen, frey zu werden
Von Liebe, Leben, von mir selbst — und dir.
Füll mein verliebtes Herz mit Gott allein;
An deine Stelle kann nur Gott, nur Gott
Das Herz besitzen, welches bisher dein war.

Wie glücklich ist nicht der Vestalinn Loos,
Die ihrer Unschuld treu blieb! sie vergißt
Die Welt, und ist auch von der Welt vergessen.
Ein steter Sonnenschein macht hell und munter
Ihr unbefleckt Gemüthe; was sie betet,
Das ist erhört; und jeden Wunsch erhält sie;
Es wechseln Ruh und Arbeit richtig bey ihr;
Ihr Schlaf gehorcht, so bald sie wachen will,
So bald sie weynen will; die Sehnsucht, Neigung,
Ist ruhig und gesetzt; sie findet Wollust
In Thränen; und ihr Seufzen fliegt gen Himmel;
Huldreiche Andacht glänzet rund um sie;
Ihr lispeln Engel göldne Träume zu.
Für sie bewahrt der Bräutigam den Trauring;
Für sie steht da der keusche Chor der Töchter,
Der Hymeneen singt; in weisser Kleidung;
Für sie blüht Edens Rose, die nicht welket;
Ihr dusten göttlichsüsse Wolgerüche
Von Seraphsflügeln zu; und unter Thönen
Der himmlischhohen Harfen stirbt sie hin;

Ihr zeigt sich in entzückenden Gesichtern
Die Ewigkeit, und so schmelzt sie hinweg.

Mein Geist, der sich verirrt, beschäftigt sich
Mit andern Träumen; und nicht fromme Freuden
Entzücken ihn: Am Ende jedes Tages,
Den Gram und Trauern füllten, bringet mir
Die Phantasie zurücke, was die Rache
Des Himmels mir entzogen; das Gewissen
Schläft dann; es setzet die Natur in Freyheit,
Und meine schrankenlose Seele hüpft
Sogleich zu dir. Verwünschte, theure Greuel
Der Nacht, die Alles ins Gewissen bringt,
Die böse Glut schärft und erhöht die Lust;
Verführerische Geister räumen weg,
Was noch zurückhält; und die Liebe wird
In mir in jeder Quellen aufgerühret.
Ich höre, sehe dich; ich bin erstaunt,
Bey jedem deiner Reize; dein Phantom
Hängt sich in meinen Armen fest an mich.
Ich wache — höre nichts mehr, sehe nichts mehr;
Hinweg ist der Phantom; unfreundlich flieht er,
Gleich dir; ich rufe laut: er hört es nicht;
Ich strecke meine leeren Arme aus;
Er schlüpft hinweg. Um noch einmal zu träumen,
Schließ ich mein willig Aug. Erhebet euch
Ihr sanften, theuren Täuschereyen! — Ach!
Erhebet euch nicht mehr! Mich deucht, wir irren

Durch grauſe Wüſten; es beweyne jedes
Des andern Unglück; wo ſich blaſſes Epheu
Um morſche Thürme windet, und wo wankend
Die Felſen drohend über Tiefen hangen.
Du ſteigſt auf einmal, und du ſiehſt zum Himmel:
Die Wellen brüllen; Winde raſen; Wolken
Sind zwiſchenhin geſetzt. Im Angſtgeſchrey
Erheb. ich mich; ich finde, was ich ſehe,
Gleich ſchrecklich; und zu jedem Schmerzen, den ich
Zurückgelaſſen habe, wach ich auf.

Das Schickſal iſt für dich ſehr ſtrenge freundlich:
Für dich verordnet es die kühle Pauſe
Von Wolluſt und von Schmerzen. Eine lange,
Und todte Stille ſtets ſich gleicher Ruhe
Iſt itzt dein Leben; da iſt nicht ein Puls,
Der ſchwärmt; ein Blut, das glüht. Still, wie die See,
Eh Winde blaſen lernten; ehe noch
Der rege Geiſt die Waſſer flieſſen hieß;
Sanft, wie der Schlummer einer Heiligen,
Die beym Gedanken der Verzeihung einſchlief:
Mild, wie der friſche Schimmer ſich enthüllet,
Der vom verſprochnen Himmel uns erquickt.

Komm Abelard! was haſt du dich zu fürchten?
Der Venus Fackel brennt nicht für die Todten.
Zurückgehalten ſtehet die Natur;
Und die Religion mißbilligt es:

Du,

Du, du bist kalt — doch Eloise liebt.
Ach hoffnungslose, dauerhafte Flammen!
So brennen jene, die den Todten leuchten,
Und die die unfruchtbare Urne wärmen.

Was sich für Scenen mir auch immer öffnen,
Wohin mein Blick sich dreht, wohin ich fliehe,
Verfolget mich der theure Gegenstand,
Erhebt sich in dem Haine, vor dem Altar,
Besteckt mir meine Seele, spielt muthwillig
In meinen Augen. Wenn ich um dich seufze,
Verzehrt sich unnütz meine Morgenlampe;
Es stiehlt dein Bild sich zwischen Gott und mich.
In jeder Hymne hör ich deine Stimme;
Und eine nur zu sanfte Thräne fällt
Mit jeder Kralle meines Rosenkranzes.
Steigt wolkenweis der Wolgeruch vom Rauchfaß;
Erhebt sich bey der aufgeblasnen Orgel
Die Seele: so treibt ein Gedanke, dessen
Du dich bemächtigt hast, den ganzen Pomp weg,
Und Priester, Kerzen, Tempel, Alles schwimmet
Vor meinen Augen; meine Seele wird
In Flammenmeeren eingetaucht, ersäuft;
Altäre stehn im Brande; Engel beben.

Indem ich hier im Schmerzen tiefer Demuth
Gebeuget liege, da der Tugend Thränen
Nun eben sich in meinen Augen sammeln;

C

Indem

Indem ich betend, zitternd, mich im Staube
Hinwälze, da die Dämmerung der Gnade,
Sich über meine Seele huldreich öfnet:
Komm, widersetze dich dem Himmel; streite
Mein Herz ihm ab; laß itzt dein Auge teuschen,
Tilg mit ihm jedes lichte Bild des Himmels
Aus meiner Seele weg; bemächtige
Dich meiner Andacht, meiner Schmerzen, Thränen;
Nimm meine kalte Buße, mein Gebet weg;
Reiß mich, indem ich steige, weg vom Himmel;
Verstärk den Feind; reiß mich von meinem Gott weg.

Nein, fliehe, fliehe mich, so weit ein Pol
Vom andern ist! Es steigen Alpgebirge!
Es rollen Oceane zwischen uns!
Ach komm nicht, schreib nicht, denke meiner nicht mehr;
Nimm keinen Theil nur am geringsten Schmerzen,
Den ich um dich gefühlet. Deines Eides
Entschlag ich dich; dich will ich nicht mehr denken;
Vergiß, und gib mich auf, und hasse jedes,
Das mein gewesen war. Ihr schönen Augen,
Ihr reizensvolle Blicke (seh ich euch noch!)
Die meine Phantasie so lang geliebet,
Und angebeten hat, gehabt euch wohl!
O helle Gnade! himmlischschöne Tugend!
Du göttliche Vergessenheit der Sorgen,
Die den Gedanken an die Erde heften!
Des Himmels schöne Tochter, du, o Hofnung,

Die frisch aufblühet! Und du Glaube, der du
Hienieden schon Unsterblichkeit für uns bist!
Zieht, sanfte, holde Gäste, bey mir ein;
Nehmt, hüllt mich in die Ruh der Ewigkeit!

Sieh, Eloise traurt, in ihrer Zelle
Liegt sie, gestützt auf einem Grabe liegt`sie,
Die Nachbarinn der Todten! wie mich deucht,
So ruft ein Geist in jedem Windeshauche;
Es redet mehr als nur der Wiederschall
Um diese Mauern. Hier, indem ich wachte,
Bey sterbendschwachen Lampen, rief mir zu
Ein hohler Schall aus jenem Heiligtume:
„Komm, Schwester, komm! (so sprachs, so schien's zu sprechen,)
„Dein Raum ist hier, betrübte Schwester, komm!
„Einst zittert ich, gleich dir, ich weynte, fehlte,
„Ich war der Liebe Opfer; itzo bin ich
„Geheiliget, und Gottes reine Tochter.
„Still, ruhig, ist hier alles in dem Schlafe
„Der Ewigkeit; denn hier vergißt der Gram
„Zu ächzen, und die Liebe weynt nicht mehr;
„Der Aberglaube selbst verliert die Furcht:
„Gott, nicht der Mensch, spricht hier von Sünden frey.

Ich komme, komme! haltet in Bereitschaft
Die Rosenlauben, Blumen, die stets blühen,
Des Himmels Palmen. Dorthin, wo der Sünder
In Ruhe seyn kann, geh ich; wo die Flammen

Vereinigt

Gereinigt in des Seraphs Busen glühen.
Erweis mir den betrübten letzten Dienst,
Du, Abelard! und bahne mir den Weg
Ins Reich des Tags. Sieh meine Lippen zittern;
Mein Auge rollen; meinen letzten Hauch
Saug in dich ein, und fange meine Seele
In ihrem Fluge! — Nein — doch kannst du da
Im Priesterkleide stehen; zitternd halt
In deiner Hand dann die geweihte Kerze;
Zeig meinem aufgehabnen Auge dann
Das Kreuz; und lehr, und lerne, wie man stirbt.
Nach der geliebten Eloise schau
Alsdann; weil es dann nicht mehr Sünd seyn wird,
Dein Aug auf mich zu heften. Sieh die Rose,
Wie welkend sie von meiner Wange flieht!
Sieh, wie der letzte Funke meines Auges
Hinschmachtet; bis Bewegung, Puls, und Athem
Hinweg, und selbst mein Abelard nicht mehr
Geliebet ist. O Tod, wie so beredsam
Beweisest du, daß der in Staub vernarrt sey,
Der auf den Menschen seine Liebe heftet!

O möchte sich auch, wenn dein schöner Leib
(Die Quelle meiner Schuld, und meiner Freuden)
Des Todes Raub wird, Alles, was dich ängstet,
In himmlischen Entzückungen versenken!
Herab, ihr lichten Wolken! Engel, wachet
Rund um ihn her! Ihr Herrlichkeiten strömt

Vom offnen Himmel auf ihn! und umarmt ihn,
Ihr Heiligen, mit Liebe gleich der meinen!

    Vereinte doch * Ein Grab freundschaftlich beyde
Betrübte Namen! ließ es meine Liebe,
Die nimmer stirbt, in deinen Ruhm gepfropft seyn!
Alsdann nach vielen Jahren, wenn es Alles,
Was ich gelitten habe nicht mehr seyn wird,
Wenn dieses Herz aufrührisch nicht mehr schlägt;
Wenn je der Zufall zwey verliebte Pilger
Zu Parakletens weisse Mauern führt,
Zu seinen Silberquellen: alsdann werden
Sie über diesen blassen Marmorstein
Die Häupter hängen; jedes wird die Thränen
Des andern trinken; mitleydsvoll, betrübt,
Wird jedes sprechen: „Möchten wir doch nie
So lieben, wie hier diese Beide liebten!„
Dann, wenn das laute Hosianna sich
Vom vollen Chor erhebt; die Feyrlichkeit
Des ehrfurchtsvollen Opfers grösser macht,
In Mitte dieser Scene, wenn ein Auge
Den feuchten frommen Blick auf diesen Stein wirft,
Wo unser kalter Ueberbleibsel liegt:
Dann wird auch selbst dies Aug der Andacht einen
Gedanken von dem Himmel stehlen, dann
Fällt eine Menschenthräne; und sie findet

             C 3   Berge-

---

* Abelard und Eloise wurden neben einander begraben, in dem Kloster des Parakleten. Er starb im Jahre 1142, und sie im Jahre 1163.

Vergebung. Wenn das Schicksal in der Zukunft,
Auf einen Barden solche Schmerzen häufet,
Wie meine sind, und wenn er ganze Jahre
Abwesend weynen muß, und Reize sich
Vorstellen, die er nimmer sehen soll;
Wenn er so lang, so stark geliebet hat:
So werd er dann zum Sänger unsrer Liebe,
Der traurigen, der zärtlichen Geschichte:
Der wohlbesungne Schmerz wird meinem Geiste
Zum Balsam wider alle Schmerzen werden.
Wer ihn am stärksten fühlt, mahlt ihn am besten

Die

Die Religion eines Layen.

Nach dem Englischen des Dryden.

Ornari res ipsa negat; contenta doceri. — — —

Die Religion eines Layen.

So düster, wie des Mondes und der Sterne
Geborgtes Licht dem einsam müden Pilger,
So düster ist der Seele die Vernunft;
Wie von der Höhe jene regen Gluten
Den Himmel nur entdecken, aber nicht
Hienieden uns beleuchten: so ward uns
Das Zwitzern der Vernunft geliehen, nicht
Um sicher uns auf zweifelhaftem Wege
Zu führen; nein, uns zu dem bessern Tage
Hinaufzuleiten. So wie jene Lampen
Des Nachts zwar blinken, aber gleich verschwinden,
So bald die glänzende Beherrscherinn
Des Tags auf unsre Himmelshälfte steiget;
So blaß auch wird, wenn die Religion
Erscheinet, die Vernunft; sie stirbt, zerschmelzt
Im Lichte, welches der Natur zu hell ist.
Zwar Einige, die eine Lampe hatten,
Die minder dunkel als der Andern schien,
Sind so von einer Ursach zu der andern
Bis zum geheimen Haupte der Natur
Hinaufgestiegen; die Nothwendigkeit
Von einer ersten Ursach findend; Doch
Was, oder wer, das Allgemeine Ding sey,
Ob eine Seele, welche diesen Ball

Rund

Rund in sich schließt, die nicht geschaffen ist,
Sich nicht bewegt, und dennoch Alles schaft,
Und in Bewegung setzt; wie, oder ob
Ein Tanz verschiedener Atomen, die sich
Wild in einander mengten, zur Gestalt
Geschwungen (dieses edle Werk des Zufalls)
Wie, oder ob von Ewigkeit dies All sey,
Das sah sogar der Stagirite nicht,
Und Epikur auch rieth, wie dieser rieth.
Sie tappten blindlings nur nach einer Zukunft,
Und sehr verwägen ward ihre Schlüsse
Von Fürsehung und Schicksal. Noch viel schlechter
Fiel ihr Bestreben aus, das auszufinden,
Was zu des menschlichen Geschlechtes Bestem
Ganz unentbehrlich ist: Glückseligkeit
Ließ sich nicht finden; sie verschwand vor ihnen,
Wie ein bezaubert Land. * Der Eine glaubte,
Das höchste Gut sey die Zufriedenheit:
Von jedem kleinen Zufall wards zerstöret.
Die weisern Thoren strebten nach der Tugend;
Allein sie bauten ein sehr dornichtes,
Ein unfruchtbares Land. Es wollten Andre
In Wollust ihre schwelgerischen Seelen
Versenken; doch sie fanden ihre Schnur
Zur allzutiefen Quelle viel zu kurz;
Durchlöcherte Gefässe, die den Seegen
Nicht in sich halten konnten. Also rollen

* Meynungen verschiedener Secten der Philosophen von dem Höchsten Gute.

Die ängstlichen Gedanken hin in Zirkeln,
Die ewig sich nicht enden, wo zur Ruhe
Der Seele sich kein Mittelpunkt befindet.
In diesem wilden Labyrinth verliert sich
Ihr eiteles Bestreben. Faßt das Kleine
Das Grössere? Reicht endliche Vernunft
Zu dem Unendlichen? Das müßte mehr,
Als Gott seyn, welches ihn ergründen könnte.

Es träumet * der Deist, er stehe fester.
Er rufet εὕρηκα, gefunden ist
Das mächtige Geheimniß: Gott nur kann
Des Guten Quelle seyn; der Oberste,
Der Beste; wir sind ihm zum Dienst geschaffen
Und sollen glücklich seyn in diesem Dienste.
Zum Gottesdienste mußten also Regeln
Gegeben werden; und es theilte sie
Der Himmel allen Menschen aus; sonst müßte
Gott ja parteyisch seyn; er würde Mittel
Den einen vorenthalten, die er allen,
Nach der Gerechtigkeit, gewähren sollte.
Und dieser allgemeine Gottesdienst
Besteht in Lobpreisung und im Gebete.
Mit diesem suchen wir den Seegen; jenes
Dient statt der Zahlung; Und wenn die Natur
(Denn sie ist schwach) in Uebertretung glitscht,
Alsdann ist Buße, für die Lasterthat,
Das Söhnungsopfer. Etwann finden wir

* Deismus.

Wie sehr verschieden sich den Menschenkindern
Die Fürsehung erweise: triumphirend
Sieht man das Laster hier, und Tugend leydet,
(Ein Brandmahl, welches die Gerechtigkeit
Des Oebersten auf sich nicht dulden kann.)
Hier weist uns die Vernunft auf eine Zukunft,
Die letzte Richterinn, auf die wir uns,
Wenn Glück und Schicksal zürnt, berufen können.
Da werden dann die Wege Gottes, die
Durchgehends richtig sind, sich deutlich zeigen:
Da wird der Böse dann gestraft, der Güte
Belohnet seyn.

     * So möchte gern der Mensch
Durch eigne Stärke nach dem Himmel steigen,
Und möchte Gott nicht mehrers schuldig seyn.
Elendes, eiteles Geschöpfe! wie
Verirrst du dich, indem du glaubst, es brüte
Dein Witz dergleichen göttliche Gedanken!
Nein, nein, dein Geist zeugt solche Wahrheit nicht,
Sie rinnet aus dem Himmel, und sie ist
Von einer edlern Abkunft. Dein Gesicht
Ward durch die Offenbarung erst erleuchtet;
Und die Vernunft war blind, bis daß der Glaube
Das Licht herausschlug. Dieses ist von deiner
Natürlichen Religion die Quelle;
Was dir Vernunftschluß scheint, ist Offenbarung.
Wär dieses nicht, wie kämest du dazu,

                                         Das

* Geoffenbarte Religion.

Daß du so klar in diese Wahrheit siehest,
Die sich den Heiden einst so dunkel zeigte?
Nicht Aristoteles, nicht Plato fand sie,
Nicht der, * den Göttersprüche weise nannten.
Wie, geht dein Witz so tief? geht er so hoch?
Kannst du noch tiefer forschen? höher steigen?
Kannst du durch die Vernunft, mehr von der Gottheit,
Als ein Plutarchus wissen, oder als
Ein Seneca, und als ein Cicero?
Es wußten diese Helden in dem Witze,
(Die bessern Zeiten hatten sie gebohren,
Da noch die Waffen, und die Künste Rom
Und Griechenland verherrlichten) von diesem
Systeme nichts; sie konnten damahls nicht
Ein solch Gebäude der natürlichen
Religion aufführen, welches sich
Auf das Gebet und Lob des Einigen
Und wahren Gottes gründet, und sie schrieben
Nicht Reue vor, die Sünden auszusöhnen:
Die Gottheit zu bestechen, schlugen sie
Das Mitgeschöpfe todt; das Opfertier,
Das nichts verwirket hatte, ächzete
Für ihre Missethaten: Grausamkeit
Und Blutvergiessen war die Buße. Wenn
Ein Schaaf, ein Rind, für Menschen büssen könnte,
Wie wohlfeil sündigte der Reiche nicht!
Die größten Unterdrücker teuschten

* Sokrates.

... Himmels Zorn; sie opferten
... ~~~ ~~~ eigenen Geschöpfe auf
Für ihre Räuberey.

     Wie wagst du dich,
Du armer Wurm, an die Unendlichkeit,
Die du beschimpfest? und Bedingnisse
Des Friedens schreibst du vor? So bist du denn
Der Richter, dessen Urtheil feste seyn muß;
Dein nachsichtsvoller Gott belehrt dich selbst,
Wie man von ihm abfalle; wie ein König,
Der ferne wohnt, und schwach ist, muß er sichs
Gefallen lassen, wie es dir beliebt
Genugthuung zu geben.

     Wenn hingegen
Sich eine Macht befindet, die zu stark,
Und zu gerecht ist, als daß sie das Laster
Gleichgültig übersehen, ungestraft
Das Unrecht dulden könnte: o so schau
In Demuth aufwerts; siehe, das Verbrechen
Entdecket er zuerst, und leget dann
Die Büssung auf; ein Lösgeld, welches du
In deiner Armuth nie bezahlen könntest,
Wenn nicht die Weisheit schon von Ewigkeit
Das Mittel ausgefunden, wenn sie nicht
Mit einem himmlischen Vermögen dich
Bereichert hätte. Die Gerechtigkeit
Schreibt Strafe vor, und die Barmherzigkeit
Macht deine Rechnung richtig. Sieh, Gott steigt

               In

In deiner menschlichen Gestalt herab;
Es duldet der Beleidigte die Strafe
Im Nahmen des Beleidigers; sieh, ganz
Ist deine Missethat ihm zugerechnet;
Ganz die Gerechtigkeit, die er vollbracht,
Dir zugefallen.

      Denn, gesetzt, wir haben
Gesündigt, und des Menschen Uebertretung
Vergreife sich an dem Allmächtigen,
So muß ein Preis von richtigem Verhältniß
Bezahlet seyn, und das Unendliche
Muß man mit dem Unendlichen vergleichen.
So ist dann der Deist verlohren: Reue,
Wenn man gesündigt hat, bezeuget, oder
Auch nicht bezeugt, verbessert nicht die Schuld;
Was kann uns die Vernunft für andre Mittel
Anweisen; oder welche Hülfe wird uns
Der menschliche Verstand verschaffen können?
Er zeigt, wir seyen krank; und auch zum Unglück
Sind wir versichert, daß wir krank seyn werden,
Bis uns der Himmel Mittel offenbahret.
Muß man daher des Himmels Willen wissen,
(Das nöthig ist, wenns uns an Heilung fehlet,
Und wenn der Himmel gut ist) o wo sind
Die Bücher des geoffenbarten Willens?
Man zeige sie; man wäge jedes andre
Genau mit unserm heilgen Buche ab,
So wird man dieses einzig gültig finden.

Beweise sind hier nicht vonnöthen; denn,
Vergleicht man jenes eitele, ruchlose,
Und abergläubische Gezeug von Opfern,
Von Reinigungen und Gebräuchen, welches
Verschiedne Länder zu verschiednen Zeiten
Gedrückt hat, mit des Christentumes Glauben,
Und Tugenden: so wird man finden, daß
Sonst keine Lebensregel, als nur diese,
Des menschlichen Geschlechtes grossem Endzweck
Entspreche; diese zeiget uns am besten,
Wie Gott versöhnet werde; wie die Menschen
Glückselig werden können. Zeugt die Länge
Der Zeit von ihrer Würde, so ist kaum
Die Welt noch älter als es das Gesätz ist.
Des Himmels frühe Sorge zeichnete
Für jede Zeit, was er vom Menschen fordre,
Zuerst zwar in die Seele, nachwerts auch
In Schriften. Will man nun genauer sehen,
Wer die Verfasser seyn, und wie das Buch
Beschaffen sey: Wo anders, als vom Himmel,
Erhielten Menschen, welchen es an Künsten
Und Wissenschaften fehlte, welche nicht
In Einer Zeit gelebt, im gleichen Land nicht,
Die Reihe der Wahrheiten, die so schön
Zusammenhängt? Wie, oder warum sollten
Sie sich zusammenschwören, uns mit Lügen
Zu hintergehen? Ihre Mühe hat
Man nicht begehrt; auch ihre Warnung war

Nicht

Nicht angenehm; der Hunger war die Beute,
Die sie gemacht; der Martertod ihr Lohn.

Wenn wir das Buch itzt an sich selbst betrachten,
So stimmen Heiden ein, daß die Geschichte
Die Wahrheit sey. Die Lehre hat die Wunder
Zum überzeugenden Beweise: da
Beruft der Himmel sich auf unsre Sinnen;
Und ob sie gleich die Sache nicht beweisen,
So wird die Sache doch durch sie befestigt,
Wenn, was gelehret wird, mit der Natur
Gesätzen' übereinstimmt.

Selbst die Schreibart
Spricht majestätisch, göttlich, von nichts minder,
In jeder Zeilen, als von Gott. Die Worte
Befehlen; noch ist ihre Kraft so stark
Als das Geschehe, welches Alles schuf.
Die anderen Religionen stiegen
Entweder durch die Waffen, oder sie
Erlaubten Sinnlichkeiten, und erhielten
Dadurch des menschlichen Geschlechtes Freundschaft;
Nur diese einzle Lehre widersetzt
Sich unsern Lüsten; in dem Lande selbsten,
Darinn sie wächst, ernähret sie sich kaum;
Sie hemmt den Eigennutzen, sie bezwingt
Die Sinnen und die Sünden; ausserhalb
Wird sie gedrückt; von innen untergraben:
Doch durch die Marter selbst gedeihet sie,

Und

Und sie ermüdet ihre Peiniger;
Sie steigt durch unnachgebende Geduld.
Wem anders, als den göttlichen Gesätzen,
Kann die Vernunft dergleichen Wirkungen
Zuschreiben, die weit mehr als nur Natur sind?
Und diese göttlichen Gesätze sind
In diesem heilgen Buche klar und deutlich
Enthalten, und zu diesem End verordnet.

Doch hier * wirft der Deist von neuem ein:
Der ächte Gottesdienst versteige sich
Nicht über die Natur; nur das Gesätze
Sey allgemein, das Allen allerorten
Bekannt ist; selbst der Ausdruck müsse deutlich,
Und so verständlich seyn für jedermann,
Dergleichen man in diesem Buche nicht
Noch irgendwo, das sich geoffenbarte
Religion betitle, finden könne.
Es heißt, der Ruf: Meßias ist gebohren,
Sey wirklich ausgegangen durch die ganze
Bewohnte Erde; Doch muß dieser Text
Auf die nur eingeschränkt seyn, welche damals
Bewohnet und bekannt war. Welchen Nutzen
Gewährte dies der Indianer Seelen,
Den neu entdeckten Welten? Andertwerts,
In jenen alten Zeiten mocht es helfen;
Da kannte man die Schrift, und nahm sie an,
Bis daß die Sünde noch einmahl die Schatten

D

Der

---

* Einwurf des Deisten.

Der Nacht dann wieder ausgebreitet hatte:
Was hilft es denen, die nie Licht gesehen?

   * Ja, dieser Einwurf ists hauptsächlich, der
Am stärksten die Vernunft betäuben, der
Den schwachen Glauben wankend machen kann.
Ja, der Vernunft des Menschen hat der Himmel
Der Fürsehung geheimen Weg verborgen;
Wir gebens zu: Doch unbeschränkte Weisheit,
Und unbeschränkte Gnade, kann sogar
Für Seelen, welche so verwildert sind,
Ein Mittel finden. Wenn auch Feinde selbsten
Bey Gott Mitleyden fordern dörfen, warum
Kann es den Fremden nicht verstattet werden,
Die seinen Namen nie gehöret hatten?
Ist gleich kein Name, welcher selig mache,
Bekannt, als seines ewgen Sohnes Name:
Wer weis, wie weit die schrankenlose Güte
Den Menschen die Verdienste dieses Sohnes
Ausdehnen könne? wer, aus welchen Gründen
Er sich barmherzig zeige? wer, worauf sich
Unwissenheit, daran man selbst nicht Schuld hat,
Berufen könne? Nein, nicht nur die Liebe
Heißt uns das Beste hoffen; der Apostel
Hat uns noch mehr gesagt: Wenn Heiden, welche
Durch kein Gesätz belehrt sind, von Natur
Das thun, das durchs Gesätz erfordert wird;
Wenn solche, denen vorgeschriebene

                                                           Gebote

   * Beantwortung des Einwurfs.

Gebote nie bekannt geworden, sich
Gebot seyn, und Gesätz; so werden sie sich
Auf das, so ihnen die Natur gesagt,
Berufen können; ihr Gewissen spricht sie
Dann schuldig oder frey. — Gerechtes Urtheil!
Geoffenbarte Lehren sind nicht Lehren
Für solche, welchen sie verborgen sind.
So können die, so der Natur Befehle
Gefolget, nach dem Lichte der Natur,
Gelebet haben, und es ihnen helle
Vorleuchten ließen, mit dem Sokrates
Das Antlitz ihres Schöpfers sehen, wenn
So viele Märterer, mit Roth bezeichnet,
Den Zugang nicht erhalten.

                    Nein, ich weiche
Von dem nicht ab, das mir die Liebe sagt,
Wenn gleich der * Bischoff der Egypter anderst
Gesinnt ist: Das Bekenntniß seines Glaubens
Schließt ewige Wahrheiten in sich; doch
Ist es sehr hart am Menschen, wenn er allen,
Die nicht ein jedes glauben, das sein Eifer
Von ihnen forderte, das Urtheil spricht,
Sie müssen ewig leiden; wenn ers nicht
Daß er von Gott begeistert sey, beweist.
Entweder laßt uns denken, seine Meynung
Sey nur: daß dieser Glaube, da, wo er
Verkündigt ward, der einzig sichre Weg sey;

* Athanasius.

Wo nicht, so schließen wir, es habe sich
Der gute alte Mann, den Arius
Zu widerlegen, allzuviel ereifert,
Und so in seinem Christeneifer allen
Den Ketzernamen beygelegt, die sich
Ihm widersetzten.

       * Dieses ist der Pfad,
Den meine Liebe gieng; einfältig ist sie,
Doch meynt sies gut. Zwar roh sind die Gedanken
Die ich geäussert; aber ihre Quelle
Ist treflich gut; sie wurden bey dem Lesen
Des edlen Werks gezeuget, das du besser,
Als ich gelesen hast; das du, mein Freund
Durch gutes Uebersetzen besser preisest.
Die jugendlichen Stunden, welche viele
Von deinem Alter liederlich vertändelt,
Wo nicht im Laster gar verlohren haben,
Hast du auf edleren Gebrauch verwendet;
Der Wahrheit ernste Wollust schmecktest du.
Dies grosse Buch bezeugts, darinnen sich
Die saure Arbeit vieler Jahre zeiget,
Die dein Verfasser denkend durchgebracht hat,
Indem er von dem göttlich feinen Golde
Herausgesiebet hat was von dem alten
Sophistischen Gezeuge der Rabbinen
Darein gemischet war; wer hier das Gute

Zu

* Anrede an den Uebersetzer von des Vaters Simon critischer Geschichte des
  Alten Testaments.

Zu ordnen weiß, kann sich die Algebra.
Alsdann sogar zum Zeitvertreibe machen.
Hat diesen Schatz ein Pfarrer auf dem Lande
Sich angeschaft, so trotzet er damit
Dem Junius und dem Tremellius;
Mit Uebersetzungen und Varianten.
Darf er sich nicht mehr quälen; ohne daß er
Hebräisch weiß, spricht er wie der Gelehrte.
Dies Werk ist mit Gelehrsamkeit so reich
Beladen, alles ist genau gewogen,
Und stark verbunden; man erkennet bald,
Daß die Natur die schärfste Einsicht, und
Die Kunst die letzte Hand daran geleget,
So viel ein Mensch, den Gott nicht ganz besonders
Begeistert hat, zu fassen fähig ist;
Hier sehen wir die Fehler der Abschreiber
Und Uebersetzer; wo der Eigennutze
Der Juden und Papisten sich hervorthat,
Und Unbetrüglichkeit sich selbst betrog.

Die, so dem Buche näher nachgespürt,
Die fanden am Verfasser nicht zu viel
Von dem geschwornen Priester; nur damit er
Sich an Gewohnheit nicht zu stark vergreife,
Scheint er sich an den Payst, Concilien,
Und an der Ueberliefrung Zwang zu wenden.
Der, so sich selbst der alten Ueberliefrung
Nicht unterwarf, der mußte ja nothwendig

D 3

Die

Die Schwäche dieser neuen gleich entdecken.
Wenn selbst die Schrift, die ihren hohen Ursprung
Vom Himmel hat, sehr sorglos auf der Erde
Bewahret ward; wenn Gottes eignes Volk,
Das das, so uns von Gott bekannt ist, wußte,
Eh wirs gewußt; dem noch weit mehr als uns,
Und deutlicher versprochen worden, daß
In solcher Arbeit ihm der Himmel helfe,
Ihm, dem nicht Zeit, nicht Fleiß zu kostbar war,
Um dieses Buch von allen Flecken, aller
Verwirrung zu bewahren; wenn dabey doch
Dies Volk in Irrtümer verleitet worden;
Die selbst den Text verderben; ganze Sätze
Hinweggelassen, und dadurch den Sinn
Verworren; wenn es solche weite Lücken
Mit eitler Ueberliefrung ausgestopft hat,
Die leicht für jede der gemeinsten Hände
Hinwegzureissen war: Was hätte man sich
Für Sicherheit von solchen ärmlichen
Hülfsmitteln zu versprechen? Wenn die Zeit
Selbst den geschriebnen Worten nicht verschonet,
Wie hätten mündlich ausgesprochne Thöne,
Ihr trotzend, dauern können? wenn sich nur
Ein Mund verspricht, so erbt die Zukunft Lügen
Vermächtnißweise, die unsterblich sind.
Daß es so zugegangen, darf nicht erst
Bewiesen werden; man betrachte nur
Den Eigennutzen, Kirche, und Gewinn.

* Wenn Ueberlieferung, so wirft man ein,
Beyseitsgethan wird, wo ist Hofnung sonst
Auf einen Führer, welcher sich nicht irrt?
Seit dem Verlust der Urschrift findet man,
Wie keine Abschrift mit der andern einstimmt;
Die meisten sind gestümmelt. Also hat
Entweder unser Glaube keinen Grund,
Darauf er sicher stehet, oder Wahrheit
Ist in der Ueberlieferung der Kirche
Zu finden.

   Uns gefiele wirklich sehr
Die Kirche, die sich der Allwissenheit
Mit Rechte rühmen könnte. Ja, sie wäre
Der beiden Testamente werth; man müßte
Dem Glauben sie beyfügen: Diese Mutter,
Wenn sie so sicher leitet, daß sie uns
Von jedem Zweifel frey macht, daß sie uns
Zur Wahrheit sicher führt, so wird sie
Durch ihre Unbetrüglichkeit so wohl
Uns sagen können, wo die Abschrift sich
Verdorben, oder lahm befinde, sie
Wird uns die sichern Regeln, die für uns
Verlohren sind, so leichtlich wieder schaffen,
Als sie uns das, was bis auf uns gekommen
Unfehlbarlich erkläret; etwas, das
Noch kein Concilium zu thun gewagt hat;
Sie müßtens sonst, wie Esdras, ganz von neuem

     D 4   Aufschrei

_____

* Von der Unbetrüglichkeit der Ueberlieferung überhaupt.

Aufschreiben können. Seltsames Vertrauen,
In der Erklärung seyen sie unfehlbar,
Doch wissen sie es nicht, ob alles das,
So sie erkläret haben, in der Urschrift
Enthalten sey. Weit sicherer ists, und auch
Bescheidener, zu sagen: Gott gefiel es
Nicht ohne einen Weg die Menschenkinder
Zu lassen; und die Schrift ist (wenn gleich nicht
Durchgehends von Verordnung frey, noch ganz,
Noch deutlich) unverdorben, und zureichend,
Und klar, und ganz, in allen solchen Dingen,
Die zu dem Glauben unentbehrlich sind.
Wenn Andere in eben diesem Spiegel
Noch besser sehen, o so schauen sie
Für sich darein; gewißlich nicht für mich:
Denn meine Seligkeit hängt nicht vom Glauben
Der Andern ab; nein, nur von meinem Glauben.

    * Wie, muß man sich der Ueberlieferung
Denn ganz entschlagen? Wenn man dieses sagte,
So würde man Unwissenheit und Stolz
An sich verrathen. Gibts nicht viele Dinge,
Die zu dem Glauben, welcher selig macht,
Nothwendig sind, und die doch in der Schrift
Nur dunkel stehn? Es reißt sie jede Secte
Auf ihren Weg. (Was eine dieser Secten
Erkläret, das darf jede andre thun.)
Wir glauben, und wir sagen, daß die Schrift

                                                       Ganz

    * Einwurf des Vaters Simon zum Behufe der Ueberlieferung.

Ganz deutlich lehre, Christ sey Gott; Der kühne
Socinianer meynt, aus gleicher Schrift
Es darzuthun, Christ sey nichts mehr als Mensch:
Worauf wird man sich nun berufen können,
Um diesen Streit, der wichtig ist, zu schlichten?
Es rufen beide Theile laut, und stumm
Befindet sich die Regel.

     Soll ich deutlich
Itzt reden, und in einem freyen Volke
Der Freyheit mich bedienen, welche sich
Für einen Layen schickt, der ehrlich ist?
Nach meiner kleinen Einsicht deucht es mich,
(Dabey ich aber meiner Mutterkirche
Mich unterwerfe) daß sehr viele schon
Errettet worden, und sehr viele noch
Errettet werden können, welche nie
Von dieser Frage das geringste hörten.
Der ungelehrte Christ, der überhaupt
Sich an den Glauben hält, der dränget sich
Gerade in den Himmel; niemals wird er
Verlegen seyn; die enge Pforte würde
Man noch weit enger machen, wenn nur Leute
Von grossem Geiste eingelassen würden.
Die Wenigen, die die Natur gebildet,
Die mit Gelehrtheit sie versehen hat,
Und die gebohren sind, zu lehren, wie
Die anderen zum lernen, müssen fleißig
In heilger Schrift nachforschen, um zu sehen,

Ob dieſe Lehre, oder jene, beſſer
Mit dem einſtimme, das den Hauptinnhalt
Der Bibel ausmacht; das am deutlichſten
Auf jenes weist, das uns die Offenbarung
Eröfnet hat; um auszufinden, welche
Von ſolchen Auslegungen, aus den Worten
Und ihrem eigentlichen Sinne fließe;
Und welche man nur durch Beredſamkeit
Und Witz erzwungen habe. Meine Meynung
Iſt nicht, daß Ueberlieferungen hier
Von keinem Nutzen ſeyn, ſofern ſie alt,
Uneigennützig, allgemein, und deutlich ſind.
Daß alte Kirchenväter ſo die Bibel
Verſtanden haben, dieſes gibt der Wahrheit
Ehrwürdigkeit und Majeſtät des Alters;
Die Wahrheit wird dadurch befeſtiget,
Nachdem ſie alle Proben ausgehalten;
Authoritäten ſind in ſolchen Fällen
Das beſte nach den Regeln. Und je näher
Wir zu der Quelle gehen, deſto heller
Und unbefleckter wird das Waſſer fließen.
Die erſten Ueberlieferungen folglich
Bewieſen gut; ſie würdens jetzt noch thun,
Wenn wir nur ſicher wüßten, daß wir ſie
Auch itzt noch haben; aber weil ſie ſich
In einer langen Abkunſt leicht Gebrechen
Zuziehen können, müſſen ſie itzt nur
Wahrſcheinlichkeit, und nicht mehr Wahrheit ſeyn.

Selbst ein Pelagius und Arius
Bezogen sich auf das, was vorige
Jahrhunderte gesprochen. So verändert
Wird das, so man sehr oft erzehlet hat:
Durch ihre eigne Stärke wird die Wahrheit
Sich feste halten. Ueberlieferungen,
Die uns in Schriften zugekommen sind,
Sind also weit ansehnlicher, als jene,
Die mündlich nur auf uns herabgekommen.
Die heilige Geschichte bringt uns diese
So ganz vollkommen, als es immer seyn kann;
Die allgemeine Kirche nahm sie an,
Und prüfte sie, und glaubte sie darauf
Um ihrer selbst willen.

                          * Gerne möchten
Parteyische Papisten hieraus schliessen,
Daß über den Verstand nur ihre Kirche
Der letzte Richter sey; Sie nehmens sich
Daher zuerst heraus, durch viele Kunst
Zu zeigen, sie, sie seyn die ganze Kirche,
Sie, die doch nur ein Theil derselben sind.

      † Gesetzt sie seyn die Leute, welche uns
Die Ueberlieferungen zugeführt:
Ists denn die Folge, daß nur sie das Recht
Der Auslegung besitzen? oder möchten

    * Zweyter Einwurf.
    † Beantwortung des Einwurfs.

Die, welche das Geschenk herabgebracht,
Es eigentümlich blos für sich behalten?
Dies Buch ist ein Geschenk für alle Menschen,
Für jedermann bestimmt, nicht nur für sie;
Im Buchstaben befindet sich die gute
Willkomme Zeitung, und dem Träger ward
Die Auslegung derselben nicht befohlen.
Sie redet für sich selbst; ihr Innhalt ist
Ganz klar in allem, das man wissen muß.

Da Schimmel und Unwissenheit die Zeiten
Noch überwachsen hatten, trieb für sich
Die Geistlichkeit ein vortheilhaft Gewerbe;
Da noch der Mangel der Gelehrtheit Layen
Sehr niedrig hielt, und Niemand als die Priester
Das Recht zu Wissen hatten; da von Einsicht,
Das Wenige, das in der Welt noch war,
In ihnen einzig wohnte; da man den
Für einen Gott hielt, welcher sonst nichts wußte,
Als Lesen und als Schreiben: damahls that sich
Die Mutterkirche mächtiglich hervor;
Die Bibel kramte sie, bey ihrem Handkauf,
Nur stückweis aus; und das, so sie verkaufte,
Erklärte sie; damit sie, zu verdammen,
Und loszusprechen, nicht die Macht verliere;
Die Schrift war theure Waare; je nachdem
Der Markt bestellet war, begnügte sich
Der arme Lay mit einer Seligkeit,
Die nicht zu kostbar war; so glänzt in Nothdurft

Das

Das Geld, es mag nun gut seyn, oder schlecht,
Den armen Leuten. Priester hatten sie,
Doch Gottes Wort nicht. Und war gleich die Waare
Auch noch so falsch, so blieben doch die Krämer,
Gleich Advocaten ihres Lohns gewiß.
In diesen finstern Zeiten lernten sie
Den Handgriff so vortreflich, daß sie endlich
Durch viel Versuchen unbetrüglich wurden.
Es klärte sich die Zeit auf; man fieng an
Zu forschen, ob das Buch durch sie begeistert,
Wie, oder ob sie solches durch das Buch seyn;
Sie suchten tiefer nach, und fanden spáth,
Daß das, so sie für Priestergüter hielten,
Ihr Eigentum gewesen. Man zog daher
Das Testament hervor (die Schrift) und fand,
Wie lange man durch eine falsche Karte
Betrogen worden. Jedermann, der einsah,
Sein Anspruch sey gerecht, gab sich nun an,
Und forderte das Erbtheil eines Kindes;
Bescheidenlich gieng er nun selbst zu Rathe
Mit seinem Besten; und er machte sich
So wolfeil selig, als er immer konnte.

 Wahr ists mein Freund (die Schmeicheley sey ferne)
Dies Gute hatte wirklich schlimme Folgen:
Nun hatte der gemeine Mann das Buch
In seiner Hand; und daß er es am besten
Verstehe, glaubte jeder; Also ward
Zur allgemeinen Beute, was doch jedem

Zur Regel dienen sollte; jeder Pöbel
Gieng blos nach Willkühr mit demselben um.
Hornharte Fäuste schlugen izt, und rieben
Die zarten Blätter wund; der stärkste Schreyer
War der Begnadigste; Es theilte nun der Geist
Die Dockterwürden aus; und jedes Glied
Von einer Haudlung, oder einem Handwerk
War izt von seiner Zunft und Bibel frey.
Wahrheiten fanden sich, die deutlich waren,
Und auch genug, zum nöthigen Gebrauche;
Doch der Erklärungskitzel hieng den Leuten
Noch immer an; aus Ehrsucht eilte jeder
Nach dunkeln Stellen, und man wandte sich
An keine Wissenschaft, nur an die Gnade.
Nein, mühsam forschten sie nun nicht mehr nach;
Durch Fasten und Gebet erklärte man
Die Texte. Der Privatgeist zeugte izt
Dergleichen Früchte; angespornt war er
Durch grossen Eifer, und durch kleines Denken.
Erhizt durch rohe Andacht sumset nun
Der ungelehrte Schwarm um heilig Fleisch,
Mit Madeneyern wird der Text beschmissen,
Den eine eckle Brut durchkreucht; was Speise
Seyn sollte, wird zu Würmern. Tausend Secten
Entstehn, und sterben, täglich; tausend andre
Ersetzen wieder die zu Grund Gegangnen.
Der Himmel offenbart uns seinen Willen,
Und wir, was thun wir mit ihm? Wir entweder

Bemühen

Bemühen uns, ihn nicht zu haben, oder
Mißbrauchen ihn. Ist die Gefahr nicht gleich,
Wenn auf verschiednen Brettern uns ein andrer
Zum stranden treibet, oder wenn wir selbst
Uns stranden machen.

       Was bleibt uns noch übrig,
Als uns vor jeder Ausschweifung zu hüten,
Und, wenn Unwissenheit und Stolz daherbraust,
Zu widersetzen? Einem reichen Schatze,
Wie dieser ist, sey unser Fleiß gewidmet!
Und suchen wir nicht stolz, das einzusehen,
Was uns zu hoch ist! Nein, der Glaube kann
Auf eitles Forschen nicht gebauet seyn;
Das, so wir glauben müssen, das ist wenig,
Und das ist deutlich; aber weil die Menschen
Mehr glauben wollen, als sie nöthig haben,
Und Jedermann sich einen eignen Glauben
Auskünsteln will: so ists das sicherste,
Bey zweifelhaften Dingen, wenn man forschet,
Was uns die Alten sagen, welche nicht
Verdächtig sind; denn es ist gar nicht gläublich,
Daß wir in Aufsuchung des Himmels, höher
Als einst die ganze Kirche, steigen werden;
Auch können wir uns also nicht betrügen,
So lange wir nur sehen, daß die Schrift
Und Kirchenväter sich nicht wiedersprechen.
Will es nach allem dem nicht helle werden,
(Denn keines Menschen Glaube hänget blos

Von seinem Willen ab) so kann uns dieses
Zum Troste dienen: daß es nicht viel schade,
Wenn man sich nicht bey dem verweilet, welches
Nicht deutlich ist. Wenn wir gehöret haben,
Was unsre Kirche sagt, und wenn wir finden,
Daß unsre Einsicht einen andern Weg geht,
So wird es billiger und besser seyn,
Wir beugen unsere Vernunft, als daß wir
Der allgemeinen Ruh durch Zänkereyen
Beschwerlich fallen. Denn es nützet wenig,
Was Dunkeles zu lernen: Jedermann
Muß aber für des Landes Frieden sorgen.

So hab ich meine Meynung dann geäussert;
Doch such ich weder Lob, noch fürcht ich Tadel.
Und darum wähl ich diese rohen Verse,
Die nicht geschliffen sind ; man liest sie leicht.
Sie bleiben in der Nachbarschaft der Prose
So lange man sich nur nicht von der Wahrheit,
Die heilig ist, entfernt, kömmts nicht drauf an,
Wenn gleich der Vers auch noch so knittlicht ist.